EL BARCO
DE VAPOR

Papel en Blanco
Josu Díaz García

Ilustraciones de Bárbara Perdiguera

fundación sm

La Fundación SM destina los beneficios de las empresas SM a programas culturales y educativos, con especial atención a los colectivos más desfavorecidos.

Si quieres saber más sobre los programas de la Fundación SM, entra en
www.fundacion-sm.org

LITERATURA**SM**•COM

Primera edición: octubre de 2012
Sexta edición: septiembre de 2018

Gerencia editorial: Gabriel Brandariz
Coordinación gráfica: Lara Peces

© del texto: Josu Díaz García, 2012
© de las ilustraciones: Bárbara Perdiguera, 2012
© Ediciones SM, 2017
 Impresores, 2
 Parque Empresarial Prado del Espino
 28660 Boadilla del Monte (Madrid)
 www.grupo-sm.com

ATENCIÓN AL CLIENTE
Tel.: 902 121 323 / 912 080 403
e-mail: clientes@grupo-sm.com

ISBN: 978-84-675-8553-7
Depósito legal: M-474-2016
Impreso en la UE / *Printed in EU*

Cualquier forma de reproducción, distribución,
comunicación pública o transformación de esta obra
solo puede ser realizada con la autorización de sus titulares,
salvo excepción prevista por la ley. Diríjase a CEDRO
(Centro Español de Derechos Reprográficos, www.cedro.org)
si necesita fotocopiar o escanear algún fragmento de esta obra.

«[...] porque más allá del Desierto Blanco solo encontraréis el fin del mundo, la Gran Oscuridad».

Final de una leyenda oral
de Mundo de Papel
escrita aquí, por primera vez,
en tinta sobre papel

1
UN MUNDO DE PAPEL
De un mundo y sus habitantes

En Mundo de Papel, todo era de papel. Las casas eran de papel, las calles eran de papel y por el cielo volaban pajaritas de papel. Cuando en Mundo de Papel llovía, caían pequeños trocitos de papel. Caía confeti.

Sus habitantes, por supuesto, eran monigotes de papel, y muchos se desplazaban volando en aviones de papel. Estos aviones no volaban demasiado, por lo que sus pasajeros tenían que montar en otros al poco tiempo para poder continuar sus viajes.

Había monigotes hechos de papel de periódico. Algunos estaban hechos de páginas de sucesos y eran tristes; otros estaban hechos de tiras cómicas y eran alegres. Algunos tenían un poco de sucesos y otro poco de tiras cómicas. Estos eran muy raros y nadie conseguía entenderlos.

Había monigotes hechos de páginas de libros: monigotes que querían matar ballenas blancas de papel, monigotes que luchaban contra molinos de papel creyendo que eran gigantes de papel,

monigotes que querían dar la vuelta a Mundo de Papel en ochenta días... Entre ellos había muchos conflictos. Unos se sentían muy cultos y despreciaban a otros, más divertidos. Pero cuando uno de un tipo se juntaba con uno del otro, daba gusto estar con ellos, hablar con ellos, aprender de ellos.

Había monigotes hechos de libros de texto. Los de lengua eran grandes conversadores, y los de música, grandes cantantes. Los de matemáticas estaban siempre nerviosos. Tenían demasiados problemas.

Había monigotes hechos de prospectos de medicamentos y se sentían continuamente enfermos sin estarlo. Se pasaban el día en los hospitales de papel, donde eran atendidos por monigotes hechos

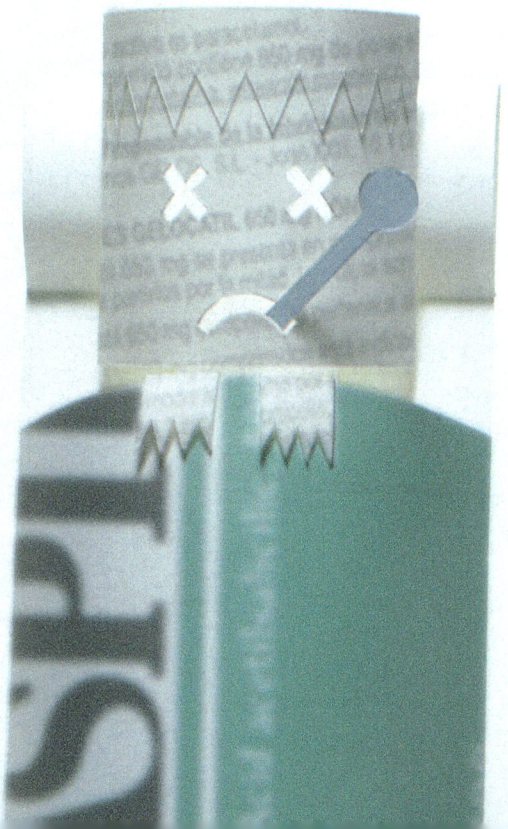

con tratados de medicina, que alardeaban de sus conocimientos aunque su trabajo se limitase a saber utilizar la cinta adhesiva.

Había monigotes hechos de pasatiempos. Los que estaban hechos de crucigramas solían quedarse en blanco. Los que estaban hechos de unir puntos eran misteriosos. Los que estaban hechos de sopas de letras hablaban muy raro.

Había monigotes hechos de publicidad, y se sentían más o menos importantes según el número que aparecía en ellos. Las publicidades de coches miraban con desprecio a las demás, aunque en Mundo de Papel no existía el papel moneda.

Había monigotes hechos de panfletos que se pasaban todo el día peleando, aunque en Mundo de Papel no había elecciones ni partidos políticos.

Había monigotes hechos de papel reciclado. Se hacían llamar ecologistas, aunque en Mundo de Papel no había nada en peligro de extinción.

Había monigotes hechos de todos los colores: rojos pasionales, verdes tranquilos, azules soñadores...

En Mundo de Papel, todos eran diferentes pero todos eran de papel. En Mundo de Papel, nadie se salía nunca de su papel.

2
PAPEL EN BLANCO

De cómo nuestro héroe
no decidió empezar su aventura

Pero había un monigote que era un papel en blanco. No tenía ninguna fotografía, ni una simple letra. Ni siquiera una hache. Nadie sabía si era un folio nuevo, o la primera o la última página de una novela. Olía a libro recién comprado. Se sentía diferente, dudaba de todo, no se sentía seguro de nada. Todos lo llamaban Papel en Blanco.

Su padre estaba hecho de las páginas de deportes de un periódico y de joven había sido un muy buen futbolista. Ahora su cuerpo empezaba a volverse amarillo y se limitaba a ir a ver el fútbol al estadio de papel. Su madre estaba hecha de un libro de recetas y tenía que tirar toda la comida de papel que hacía, porque en Mundo de Papel nadie necesitaba alimentarse.

En Mundo de Papel, los padres elegían a los hijos que iban a criar. Los padres de Papel en Blanco llegaron tarde y eligieron los últimos.

Los padres de Papel en Blanco estaban cansados de él y siempre tenían la misma conversación.

–¿Qué vas a hacer con tu vida? –le preguntaba su padre.

–No sé –respondía Papel en Blanco.

–¿Piensas quedarte en esta casa para siempre? –le preguntaba su madre.

–No sé –respondía.

Hasta que un día...

–¿Quieres hacer el favor de irte de nuestra casa?

–No sé.

Papel en Blanco se encontró fuera de su casa sin saber qué camino tomar. No podía decidir. Giró varias veces con los ojos cerrados, se paró y empezó a caminar en línea recta.

No sabía hacia dónde se dirigía, tan solo andaba. Llegaría lejos, más lejos que ningún otro monigote, más allá del Desierto Blanco que rodeaba Mundo de Papel, donde las leyendas decían que se acababa el mundo y empezaba la Gran Oscuridad, un lugar que ni siquiera los monigotes hechos con guías de viajes se habían atrevido a conocer.

3
LA PAJARITA

DE CÓMO PAPEL EN BLANCO CONOCIÓ A UNA PAJARITA MUY ESPECIAL

Papel en Blanco llegó a un camino solitario, cerca de donde comenzaba un bosque, el gran bosque que rodeaba el centro de Mundo de Papel. A un lado vio a una pajarita posada. No le hizo mucha gracia, ya que, como todos sabían, las pajaritas eran unos seres poco sociables, insoportables y que tenían demasiados dobleces. Además, a pesar de los intentos de los monigotes, nunca ninguna se había dejado montar, aunque parecían perfectas para ello. La pajarita lo vio.

–¡Eh, tú! –gritó con una voz sorprendentemente grave.

Papel en Blanco la ignoró.

–¡Oye! ¡Sé que me estás oyendo!

Papel en Blanco no tuvo más remedio que girarse hacia ella.

–¿Adónde vas? –preguntó la pajarita.

–No sé.

–¿Por qué no?

–No sé.

–¿Sabes decir algo más?

–Sí.

–Vale, vamos avanzando. Oye, tú eres muy blanco, ¿no?

Papel en Blanco leyó algo en la espalda de la pajarita: «Accidente aéreo en...».

—¿Por qué no estás volando? —le preguntó, arrepintiéndose inmediatamente de su maldad.

—Porque no quiero —dijo la pajarita, levantando disimuladamente una pata para taparse la espalda, como si la frase fuese una fea cicatriz.

—Lo he leído. Lo siento.

La pajarita se quedó callada.

—No sé adónde voy —dijo Papel en Blanco—. Solo voy. Quiero llegar lejos.

–¿Hasta el Desierto Blanco?
–Más lejos.
–Pero las leyendas dicen que más allá del Desierto Blanco...
–Me da igual.
–¿Puedo ir contigo?
–No sé.
–Voy contigo.
–Es peligroso.
–No tengo nada que perder.
–Yo tampoco.

Continuaron juntos el camino hacia el bosque. La pajarita no dejaba de hablar. Si Papel en Blanco hubiese tenido personalidad, habría deseado estar hecho de un manual de artes marciales.

–No tengo padres –dijo la pajarita–. Nunca me eligieron. He pasado la vida apartada del resto de mis compañeras, que siempre estaban cuchicheando a mis espaldas y se reían de mí.

–¿Cómo te llamas?
–No lo sé. Escuché que las pajaritas me llamaban Flecha. Supongo que era una broma.
–Simpáticas, tus compañeras.
–Encantadoras.

Papel en Blanco y Flecha se internaron en el bosque.

4
EL BOSQUE DE PAPEL

DE CÓMO PAPEL EN BLANCO Y FLECHA CONOCIERON A UN ERMITAÑO NO DEMASIADO SOLITARIO

Papel en Blanco y Flecha caminaban por una gran extensión verde, un bosque de papel con árboles de papel con hojas, por supuesto, de papel. Papel en Blanco nunca había visto algo así, pues la mayoría de los monigotes no salían del centro de Mundo de Papel en toda su vida. Vieron entre los árboles a un ermitaño, un monigote ya muy amarillento hecho de papel de libro en el que se podía leer «… años de soledad». Tenía la cara alargada, como una barba de papel. En cuanto el ermitaño los vio, se escondió detrás de un árbol de papel.

–¡Te hemos visto! –dijo Flecha.

–¿Te quieres callar? –le dijo Papel en Blanco.
–¡Aquí no hay nadie! –gritó el ermitaño.
Papel en Blanco y Flecha se miraron unos segundos sin decir nada. Flecha no pudo contenerse.
–Si no hay nadie, ¿cómo es que...?
–¡Marchaos! ¡Quiero estar solo! ¡Odio a la gente! –gritó el ermitaño.

–¿Por qué odias a la gente? –preguntó Flecha.
–Porque soy así –respondió el ermitaño.
El ermitaño se fijó en Papel en Blanco.
–Oye, tú eres muy blanco, ¿no? –le dijo.
–Ya empezamos… –dijo Papel en Blanco.
–¿Os apetece venir a mi cabaña?
–¿Pero tú no querías estar solo? –preguntó Flecha, sorprendida.

—Podemos hablar a través de la pared. Yo seguiría estando solo en mi habitación y vosotros podríais quedaros en la sala de estar.

—No sé —dijo Papel en Blanco.

—Seguidme... a una cierta distancia —dijo el ermitaño.

Papel en Blanco y Flecha lo siguieron a través del bosque mientras él se iba escondiendo de árbol en árbol. Llegaron a una cabaña de papel justo en el momento en el que el ermitaño se metía dentro. Entraron y vieron una sala de estar muy desordenada.

—Sentaos en los sillones —dijo la voz del ermitaño a través de la pared.

Papel en Blanco y Flecha miraron a todos lados. Lo único que vieron fueron bolas de papel arrugadas de diferentes tamaños. Decidieron que las que mejor se adaptaban a ellos eran los sillones, y se sentaron.

—Es raro ver a un monigote y a una pajarita juntos. ¿Adónde os dirigís?

—Más allá del Desierto Blanco —respondió Papel en Blanco.

—No podéis ir allí. Es peligroso.

—No tenemos nada que perder.

Permanecieron en silencio unos segundos.

–¿Cómo os llamáis?
–Yo me llamo Papel en Blanco.
–Y a mí me llaman Flecha.
–¿Flecha?
–Sí, esto... me lo pusieron mis compañeras. Ya sabes, por mi velocidad, la agilidad de mis movimientos en vuelo, mi...

–He leído lo que pone en tu espalda –dijo el ermitaño.

La pajarita se llevó una pata a la espalda.

–¿Tus compañeras te llaman así? –preguntó el ermitaño.

–Sí.

La voz del ermitaño emitió un suspiro de comprensión.

–Y tú, el blanco. No tiene que ser fácil ser como eres.

Papel en Blanco no respondió.

–¿Alguno quiere volver a preguntarme por qué odio a los demás y quiero estar solo?

Papel en Blanco y Flecha permanecieron pensativos unos segundos.

–Bueno, creo que tenemos que irnos –dijo Flecha, incómoda por el silencio.

–Pero si todavía es pronto... ¿No queréis...? –dijo el ermitaño.

–¿Pero tú no querías estar solo? –volvió a preguntar Flecha.

–Sí, sí, claro. Yo estoy mucho mejor solo. Odio a la gente. Yo...

Papel en Blanco y Flecha salieron de la cabaña. Cuando se habían alejado un poco, Papel en Blanco se giró. En la puerta vio al ermitaño, que se dio la vuelta y volvió a entrar rápidamente. Papel en Blanco sintió pena por él. En su espalda, en letra más pequeña que la que tenía delante, había podido leer claramente una palabra: «Amistad».

5
EL ESTANQUE DE CONFETI

Donde Flecha habla demasiado
y descubre que la unión hace la fuerza

Papel en Blanco y Flecha caminaban por el bosque.

–¡Cuidado! –gritó una voz muy aguda.

Miraron al suelo y vieron un pequeño círculo de papel solo. Era un confeti de lluvia de color rojo. Papel en Blanco había estado a punto de pisarlo. Dio un paso atrás.

–¿Es que no miráis por dónde vais?

–Lo siento.

–Sí, más te vale que lo sientas –amenazó el trocito de papel.

–¡Huy! ¡Qué miedo! ¡Me está amenazando un confeti! –bromeó Flecha.

Papel en Blanco escuchó un murmullo tras la vegetación, apartó unas ramas y vio un estanque de confeti, formado por papelitos de todos los colores. Todos juntos formaban un color indefinido, un color sin nombre, un color muy bonito. Cuando dejaba de llover, el confeti se reunía en diferentes sitios formando estanques, lagos y ríos de papel. Papel en Blanco miró el estanque y vio que se empezaban a formar olas de confeti.

–Flecha, no deberías... –dijo Papel en Blanco.

–¿Te estás metiendo conmigo? –preguntó el confeti a Flecha.

–¡Oh, no! Nunca me atrevería a insultar a un minúsculo ser como tú.

Las olas se hacían cada vez más altas.

–Flecha, déjalo.

–Míralo. ¿No te parece mono cuando se enfada? –dijo Flecha acariciando al confeti con una de sus patas.

El trocito de papel miró a Flecha con odio y emitió un grito muy agudo.

–Huy, qué miedo... Calla, calla, no vayas a dejarnos sordos –dijo Flecha.

–Flecha... –dijo Papel en Blanco.

El confeti del estanque se organizó formando una gran columna que emitía ensordecedores gritos agudos. La columna cayó sobre Flecha y la elevó por el aire envolviéndola, volteándola y llevándola de un sitio para otro como un remolino.

–¡No me gusta volar! –dijo la voz de Flecha desde dentro del remolino.

–¿Podéis dejar de hacerle eso, por favor? –dijo Papel en Blanco.

Los trocitos de papel se dispersaron y Papel en Blanco vio a Flecha en lo alto de un árbol.

–¡Tengo miedo! –gritó Flecha.

–Déjate caer, no te va a pasar nada –dijo Papel en Blanco.

–¡No puedo! ¡Voy a tener un accidente!

–¿Podéis ayudarla, por favor? –preguntó Papel en Blanco al confeti.

El confeti dudó un momento, emitió un sonido agudo y todos los papelitos formaron una especie de mano que agarró a Flecha y la dejó en el suelo.

–Gracias –dijo tímidamente Flecha al confeti, que estaba solo en el mismo sitio de antes.

El confeti subió por la espalda de Flecha y llegó hasta su pico.

–¿No tienes que decirme nada más? –dijo el confeti.

–Lo siento.

El papel de confeti bajó del pico de Flecha, volvió con sus compañeros al estanque y se perdió entre ellos, imposible de distinguir. Ellos, como Papel en Blanco, no tenían nada escrito, ningún diseño, solo color. Todos eran casi iguales, todos parecían uno solo. Esa era su fuerza y nadie, por grande que fuese, podía vencerlos.

6
LAS GRULLAS DE PAPEL

Donde quien quiere y no puede se encuentra con quienes pueden y no quieren

Papel en Blanco y Flecha caminaban junto al estanque de confeti cuando vieron en la orilla a unos pájaros que no eran pajaritas.

–Vámonos –dijo Flecha.

–¿Qué pasa?

–Son grullas, las odio.

–¿Por qué?

–Porque son...

Las grullas los vieron.

–¡Mirad, chicas! ¡Una pajarita! –dijo una.

–Seguro que se pone a volar en cualquier momento –dijo otra.

Todas rieron.

–¿Por qué os reís? –preguntó Papel en Blanco.
–Por eso de volar. Es que está tan pasado de moda...
–Es tan... de pajaritas.
Todas rieron.
–¿Pero vosotras no podéis volar? –preguntó Papel en Blanco.

–Claro que podemos, pero no queremos. ¿Sabes lo que cansa eso de volar? Quita, quita.

Papel en Blanco y Flecha se alejaron. Flecha estaba callada.

–¿Estás bien? –preguntó Papel en Blanco.

–No es justo –respondió Flecha.

–Sí –dijo Papel en Blanco–. Eso lo sé hasta yo.

7
LAS RANAS SALTARINAS

De cómo a nuestros héroes les enseñan una importante lección que no entienden

Papel en Blanco y Flecha continuaron por la orilla del estanque de confeti. Al cabo de un rato vieron muchas ranas, que saltaban unas sobre otras en un movimiento continuo. Todas estaban hechas de un mismo papel y parecía que juntas formaban algo muy interesante; pero como no se quedaban quietas, era imposible leerlo.

–Hola –dijo una rana.

–Hola –dijo Flecha.

Otra rana saltarina pasó en ese momento frente a ellos.

–¿Adónde vais?

–Más allá del Desierto Blanco –dijo Flecha.

—Pero eso es muy peligroso —dijo otra rana que saltaba frente a ellos.

A Papel en Blanco y Flecha empezaba a ponerles nerviosos que cada rana solo hablase cuando pasaba frente a ellos saltando sobre otra.

—¿Qué hacéis? —preguntó Flecha.

—Saltar —dijo otra rana.

—Sí, sí, eso ya lo vemos. ¿Pero por qué saltáis unas sobre otras?

—Solo podemos saltar cuando... —dijo una rana.

—... otra se apoya en nuestra espalda —completó otra.

—¿Y no podéis parar un momento para hablar?

—No. Si una de nosotras... —dijo una rana dejando paso a otra.

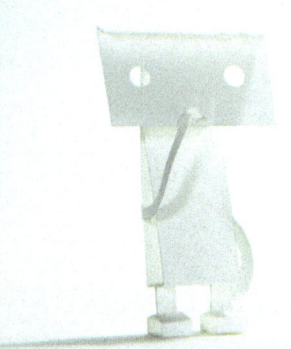

–... decidiese no saltar...

–... nosараríamos todas.

–¿Y quién os dio el primer impulso? –preguntó Flecha.

– No me acuerdo...

–... ¿Qué más da?...

–... Lo importante es que saltamos...

–... ¿No?

Flecha miró a Papel en Blanco.

–Vámonos, me estoy mareando.

Se alejaron poco a poco, pensativos.

–No he entendido nada. ¿Y tú? –preguntó Flecha.

–No sé –respondió Papel en Blanco.

8
LOS GUERREROS DE PAPEL
DE LO ABSURDA QUE ES LA VIOLENCIA EN MUNDO DE PAPEL

Papel en Blanco y Flecha escucharon los gritos de esfuerzo de dos voces que parecían la misma. Llegaron a un prado, donde vieron a dos monigotes golpeándose con espadas de papel que se doblaban nada más tocarlos, sin producir ningún efecto. Eran dos guerreros y en ellos se podía leer, en negrita y subrayada, la misma palabra: «Odio».

–¿Qué hacéis? –pregunto Flecha.

Los dos guerreros se giraron hacia ellos, sin dejar de golpearse con las espadas de papel.

–Estamos peleando –contestaron los dos guerreros a la vez.

–¿Por qué?

–Le odio –contestaron.
–Pero si sois prácticamente iguales...
–Por eso –dijeron.
Ambos miraron fijamente a Papel en Blanco y hablaron a la vez.

–Oye, tú eres muy...

–Sí, lo sé –dijo Papel en Blanco–. Muy blanco.

–¿No te apetecería pelear? –dijeron–. Igual así serías algo.

–No sé –respondió papel en Blanco.

–¿Cuánto tiempo lleváis así? –les preguntó Flecha.

–Mucho.

–¿Y quién empezó?

–Él –dijeron.

–¿Y por qué empezasteis a pelear?

–Él dice que este prado es suyo, pero no es así –dijeron.

–Pero si aquí tenéis sitio para los dos...

Permanecieron quietos y en silencio unos segundos sosteniendo sus espadas de papel en alto como una imagen reflejada en un espejo. Miraron alrededor calculando el espacio del inmenso claro en el que estaban. Se miraron, se giraron hacia Papel en Blanco y Flecha y contestaron a la vez.

−No.

Volvieron a golpearse con sus espadas de papel dando gritos de esfuerzo. Papel en Blanco y Flecha se alejaron poco a poco mientras los gritos desaparecían de sus oídos, pero no de sus cabezas. Les parecía absurdo. Algo así solo podía pasar en Mundo de Papel.

9
LAS SERPENTINAS
Sobre el miedo en Mundo de Papel

Papel en Blanco y Flecha avanzaban por el bosque cuando vieron una zona muy extraña. Era una preciosa formación de árboles con miles de lianas con coloridos diseños colgando de ellos. Antes de que se dieran cuenta, dos de estas lianas empezaron a moverse, los atraparon por los pies y los colgaron inmovilizados cabeza abajo a mucha altura.

–¡No me gustan las alturas! –dijo Flecha.

–¿Qué es esto?

–Son serpentinas –dijo Flecha.

–¿Pero las serpentinas no son solo una leyenda para asustar a los niños?

–Las leyendas no te cuelgan boca abajo.

Las serpentinas empezaron a rodearlos y a girar sobre ellos, empapelándolos. Papel en Blanco y Flecha estaban muy asustados, creían que era el fin. De pronto, escucharon alegres risas.

–Hola –dijo una serpentina.

–Hola –dijo Flecha con un hilo de voz.

–¿Qué tal?

–Esto... Bien. ¿Y tú?

–Muy bien.

Permanecieron unos segundos en un tenso silencio. Se escucharon más risas.

–Díselo tú –dijo una serpentina en voz baja.

–No, no. Díselo tú –dijo otra tímidamente.

Papel en Blanco y Flecha no entendían nada.

–¿Queréis jugar con nosotras? –les preguntó una serpentina.

–¿Jugar?

–Sí. Jugar.

–¿Pero no nos vais a matar?

–No. Solo queremos divertirnos. ¿Queréis jugar o no?

–Sí, sí. Claro.

Las risas subieron de volumen mientras las serpentinas se iban lanzando a Papel en Blanco y Flecha de unas a otras, como si fueran pelotas. Ellos se hubieran asustado o mareado de no haber sido por el alivio de saber que no iban a morir. Cuando las serpentinas terminaron de jugar, los dejaron en el suelo.

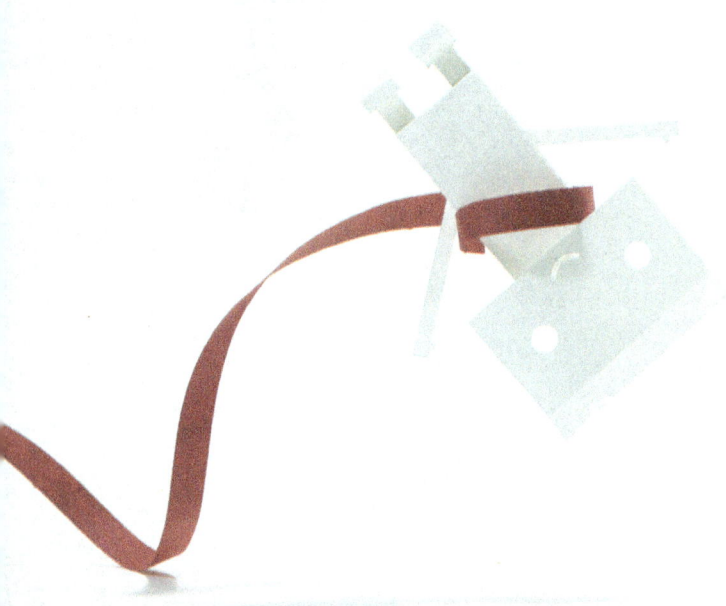

–Gracias –dijo una serpentina–. Hace tiempo que nadie quiere jugar con nosotras.

–Es que nadie sabe que existís. Para los monigotes, solo sois una leyenda.

–Sí... Hace mucho tiempo, hubo un malentendido entre nosotros. Una serpentina empezó a jugar con un monigote y la cosa... no acabó bien. Los monigotes nos acusaron a todas y empezaron a tenernos miedo. Es absurdo tener miedo de lo que no se conoce.

–Entonces, igual queréis venir con nosotros más allá del Desierto Blanco –dijo Flecha.

–No, no. Eso da miedo.

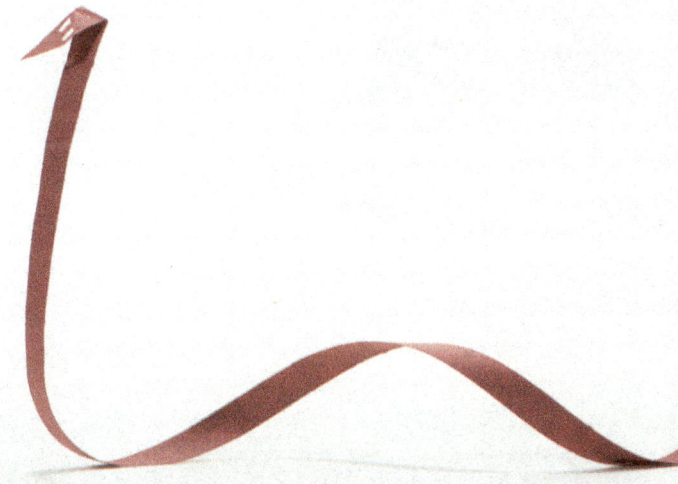

10
LA PRINCESA DE PAPEL

De una princesa triste
y del amor en Mundo de Papel

Papel en Blanco y Flecha vieron, junto a una cascada de confeti, a una monigote de papel llorando. En Mundo de Papel no existían las lágrimas porque, si fuese así, todo el mundo se desharía en ellas. Sus lloros eran secos, solo eran sonido. Puede parecernos ridículo alguien que llore así, pero a ellos les parecería ridículo gente que echa agua por los ojos. Se acercaron a la monigote de papel, en la que ponía «... princesa está triste».

–¿Por qué lloras? –preguntó la pajarita.

–No sé. Me siento vacía.

En Mundo de Papel no había reinos porque no había vínculos de sangre. Una princesa sin reino era como una palabra suelta, sin contexto. Podía serlo todo, pero en realidad no era prácticamente nada.

–Ningún príncipe ha venido a llevarme en su caballo blanco, no he ido a ningún baile, ni siquiera me han secuestrado nunca.

–Yo te puedo secuestrar, si quieres... –dijo Flecha.

–No, gracias. Ya tengo bastante con lo mío como para ser secuestrada por una pajarita.

La Princesa de Papel miró a Papel en Blanco.

–Pero puede que tú... –se fijó mejor en él–. Oye, tú eres muy...

–Sí.

–Bueno, da igual –dijo la Princesa de Papel–. ¿Te importaría bailar conmigo?

–No sé.

De repente, la Princesa de Papel agarró a Papel en Blanco por los brazos y empezó a girar con él. Papel en Blanco no hacía nada, simplemente era arrastrado por ella. Papel en Blanco nunca había bailado. Tan rápidamente como lo había agarrado, la Princesa de Papel lo soltó y volvió a sentarse como antes.

–¿Estás mejor? –preguntó tímidamente Papel en Blanco.

–No –respondió la Princesa de Papel–. Pero gracias.

La Princesa de Papel volvió a llorar. Papel en Blanco y Flecha se alejaron. Me encantaría decir que Papel en Blanco consiguió enamorar en ese momento a la princesa sin reino, que fueron felices, que comieron perdices. Pero en Mundo de Papel el amor era un concepto muy devaluado. Estaba en tantos monigotes que les parecía algo banal, sin importancia. A veces, incluso, se reían de ellos, los llamaban blandos y cursis.

11
LA PAPELERA

De cómo la vida, como el papel, tiene dos caras

Papel en Blanco y Flecha llegaron a una zona en la que había muchos árboles de papel, tan juntos que sus troncos casi parecían una muralla. Se colaron entre dos de ellos aprovechando su delgadez y vieron que estaban en un sitio extraño, una explanada en cuyo centro se veía un gigantesco edificio informe, muy descuidado, que parecía una cárcel de papel.

Un personaje nunca visto salió del edificio. Era un rectángulo de papel con un hueco en el centro. El hueco tenía forma de monigote. Papel en Blanco y Flecha sintieron miedo.

–Hola –dijo el rectángulo de papel con voz alegre.

–Ho... hola –tartamudeó Flecha.

–No tengáis miedo. Sí, soy un poco raro, pero no soy peligroso.

–¿Qué...? ¿Quién eres?

–Algunos me llaman negativo; otros, resto; otros, desecho... Todos los de aquí nos hacemos llamar así...

–¿Todos?

–Sí.

–¿Hay otros como tú?

–Somos muchos. De todo lo que hay en vuestro mundo, aquí existe un negativo, un resto, un desecho. Aquí vivimos los que sobramos. Lo llamamos «la Papelera».

Papel en Blanco y Flecha no entendían nada.

–¿Queréis pasar adentro? –dijo el rectángulo con su voz alegre.

–No sé –dijo Papel en Blanco.

–Vamos –dijo el rectángulo.

Entraron en el edificio y vieron, amontonados por todos lados, triángulos irregulares, deformes trapecios, esquinas dobladas... Algunos murmuraban a su paso, otros lloraban.

Cuando llegaron al final, el rectángulo los acompañó afuera por la puerta trasera.

–En cuanto aparece algo nuevo donde vivís vosotros, aparece algo nuevo aquí –dijo el rectángulo con su alegre voz.

–Todo eso es muy triste... Pero a ti se te ve feliz –dijo Flecha.

–Yo no me puedo quejar. Soy uno de los más afortunados de por aquí. ¿Y a vosotros qué os pasa? Tenéis mala cara...

Papel en Blanco y Flecha pensaron en sus problemas. Ser blanco, no poder volar... Había otros que estaban mucho peor que ellos. Prometieron no quejarse por sus problemas nunca más.

–No nos pasa nada, solo estamos cansados.

Se alejaron. Por supuesto, no cumplieron su promesa y pronto se olvidaron de todo y empezaron a quejarse de sus problemas. En Mundo de Papel, las promesas eran frágiles como el papel y se hacían a la ligera.

12
LOS LOBOS DE PAPEL

De cómo Papel en Blanco y Flecha se enfrentaron al peligro

Papel en Blanco y Flecha salieron del bosque y llegaron a un estrecho paso entre montañas. De repente vieron frente a ellos tres lobos de papel. Se giraron y vieron otros tres. Todos estaban hechos con páginas de diccionario. Los lobos de papel tenían dientes de papel que no se podían clavar, pero contaban las leyendas que si un grupo de ellos te atrapaba, tiraban de ti por los brazos y las piernas y los separaban del pecho hasta convertirte en poco más que cinco rectángulos y un círculo.

Los lobos se iban acercando a ellos. Papel en Blanco, reaccionando instintivamente ante el miedo, montó sobre Flecha.

–¿Pero qué haces? –preguntó Flecha–. Quita de ahí.

–Vuela.

Los lobos estaban cada vez más cerca.

–Pero yo no puedo...

–¡Vuela!

–Pero...

–¡¡¡Vuela!!!

Flecha reunió fuerzas, se concentró, cogió impulso y... no se movió ni un centímetro. Papel en Blanco se tapó la cara con las manos esperando lo inevitable y escuchó cómo los lobos, que ya estaban junto a ellos, empezaban a rugir. Esperó un rato, pero no pasó nada. Volvió a mirar a los lobos y se dio cuenta de que no rugían, sino que reían.

–¿Pero qué os pasa? ¿No vais a destrozarnos? –preguntó Flecha.

Uno de los lobos se adelantó unos pasos. Era enorme y estaba cubierto de grandes cicatrices de cinta adhesiva. Sus numerosas heridas habían

hecho que ahora estuviese compuesto por muchas páginas de diccionario pegadas entre sí. Esas heridas lo habían hecho sabio.

–Perdonen ustedes nuestras risas –dijo el lobo–, pero deben comprender que la presente situación nos produzca este efecto. ¿Dónde se ha visto un monigote blanco montado en una pajarita y que esta, además, no sepa volar?

–Es lamentable –dijo otro lobo, hecho con la letra L.

–Es patético y penoso –dijo otro, hecho con la letra P.

–Es raro, ridículo y risible –dijo otro, hecho con la R.

Los lobos empezaron a retorcerse por el suelo entre risas, y Papel en Blanco y Flecha aprovecharon para avanzar. Se sentían peor que si los hubiesen desgarrado. Papel en Blanco bajó de Flecha.

–Lo siento –dijo Flecha.

–Yo también –dijo Papel en Blanco.

13
EL DESIERTO BLANCO

DE CÓMO NUESTROS HÉROES
AVANZARON HACIA LA LEYENDA

LLEGARON A UN ESPACIO VACÍO, sin referencias. Era blanco, tan blanco que casi quemaba los ojos. Era el Desierto Blanco, el lugar tras el cual, según las leyendas, se encontraba el fin del mundo, la oscuridad. Flecha miró hacia Papel en Blanco, pero no vio a nadie.

–¿Dónde estás? –gritó, muy asustada.

–¡Aquí!

Flecha miró hacia la voz de Papel en Blanco, pero allí no vio a nadie.

–No te veo.

–¡Yo tampoco!

–¿No me ves?

–A ti sí. No me veo a mí. ¡Soy invisible!

Papel en Blanco era indistinguible del Desierto Blanco. Era invisible, sí, pero, sorprendentemente, esa sensación no era nueva para él. Avanzaron durante muchísimo tiempo sin ver a nadie, sin ningún tipo de referencia, hasta que por fin, a lo lejos, vieron una cadena de monigotes oscuros que se extendía de derecha a izquierda por todo el horizonte.

–¿Serán ellos la Gran Oscuridad de la que hablan las leyendas? –preguntó Flecha.
–No sé –respondió Papel en Blanco.
–Tengo miedo. Dame la mano –dijo Flecha.
Y así, de la mano, avanzaron hacia la leyenda.

14
LOS CABALLEROS DE CARTÓN

De cómo ser un papel en blanco a veces tiene sus ventajas

Cuando llegaron hasta la cadena de monigotes, vieron que eran marrones y muy duros y que todos tenían escrito en el pecho: «No pasar».

–¿Qué quieres? –preguntó un monigote.

Papel en Blanco seguía siendo invisible.

–Queremos...

Papel en Blanco le dio un codazo.

–Quiero pasar –dijo Flecha.

–Eso es imposible: tenemos órdenes de no dejar pasar a nadie.

–¿Quiénes sois?

–Somos los caballeros de cartón, encargados de cerrar el paso y proteger Mundo de Papel.

–¿Protegerlo de qué?

–De la oscuridad.

–Tengo que pasar –dijo la pajarita.

–Eso es imposible.

Flecha pensó un momento y se giró hacia donde estaba Papel en Blanco.

–Tienes que pasar por detrás de ellos y despistarlos.

–Está loco –dijo el caballero de cartón a un compañero–. Habla solo.

Papel en Blanco dudó. No sabía qué hacer. Finalmente, decidió actuar. Arrastrándose por el suelo, pasó entre dos de los guerreros de cartón y empujó a uno por la espalda. Este guerrero se giró de repente, desgarrando la unión con el que tenía al lado y abriendo un hueco por el que Flecha pasó corriendo junto a Papel en Blanco. Papel en Blanco se sintió lleno de fuerza, importante. Aunque seguía siendo invisible sintió, por primera vez en su vida, que no era invisible.

Los caballeros de cartón empezaron a perseguirlos. Había cientos, miles de ellos, y avanzaban en línea recta. Eran duros, pero por eso también eran lentos y fueron quedándose atrás.

–Tranquilos, no puede llegar muy lejos –dijo uno de ellos.

Papel en Blanco se fue haciendo más y más visible junto a Flecha según subían a una elevación con muchos pliegues y letras. Eran las Montañas

Arrugadas. Cuando llegaron a la cima, vieron una gran masa negra que no estaba hecha de papel, sobre la que volaban muchas pajaritas que se perdían en el horizonte. Eso debía de ser el fin del mundo, la Gran Oscuridad. Junto a la gran masa negra había unos objetos extraños que suspiraban. Se acercaron.

–¿Quiénes sois? –preguntó Flecha.
–Somos barcos –respondió uno de ellos.

15
EL CEMENTERIO
DE LOS BARCOS DE PAPEL

Donde Papel en Blanco descubre algo más fuerte que una espada

Los caballeros de cartón se acercaban cada vez más a Papel en Blanco y Flecha.

–¿Barcos? –preguntó Flecha.

–Sí.

–¿Y qué hacéis aquí?

–Nos construyeron para atravesar esa gran masa negra.

–¿Qué es eso?

–Es el Océano de Tinta.

–Nunca he oído hablar de nada así.

–Está hecho de líquido.

–¿Líquido?

–Sí. Es como el confeti... Pero muchísimo más pequeño, infinitamente más pequeño. Hace mucho tiempo, los monigotes intentaron cruzarlo con aviones, pero ninguno volaba lo suficiente. Intentaron atravesarlo sobre otros barcos como nosotros, pero nuestros compañeros se iban volviendo negros poco a poco y se hundían a medida que se mojaban.

–¿Se mojaban? –preguntó Flecha.

–Sí, la tinta se te mete dentro y te cala, te inunda, te ablanda... Cuando vieron que cruzarlo era imposible, los monigotes se establecieron en el interior, abandonándonos. Decidieron poner

esa barrera de caballeros de cartón para que nadie se acercase al Océano. Decían que la tinta era peligrosa, les daba miedo. Llegaron a un acuerdo con las pajaritas para que nunca hablasen de esto con las siguientes generaciones. Eso fue hace mucho, muchísimo tiempo. Las pajaritas me han contado que los monigotes ya han olvidado que existe; solo dicen que es peligroso llegar hasta aquí. Se recuerda como una leyenda. Pero todas las pajaritas lo saben. ¿Cómo es que tú no? –le preguntó a Flecha.

–Nunca he tenido relación con mis compañeras –respondió Flecha, tocándose instintivamente la espalda.

–Los monigotes decían que esta tinta iría consumiendo el Mundo de Papel poco a poco. Espero que sea cierto.

–¿Pero no has dicho que allí todos vosotros os hundíais?

–¿Vosotros no preferiríais disfrutar poco tiempo que no hacer nada durante toda la eternidad?

–No sé –dijo Papel en Blanco.

Flecha pensó en silencio unos segundos.

–Entonces, nosotros somos los primeros en llegar aquí en mucho tiempo –dijo Flecha–. Por primera vez en mi vida, me siento importante.

–No, otros muchos han venido.

Flecha se quedó muy quieta, decepcionada.

–¿Y por qué no han vuelto para contarlo?

–Porque los caballeros de cartón los hundían en el Océano de Tinta.

Los caballeros de cartón ya estaban casi junto a ellos, arrastrando algunos barcos y cerrándoles el camino de vuelta. No se detenían, dispuestos a empujar a Papel en Blanco y a Flecha al Océano de Tinta.

–Vamos a atravesarlo –dijo Papel en Blanco.
–¿Cómo? –preguntó Flecha
–Volando.
–Pero yo...

Papel en Blanco introdujo el extremo de su brazo en el líquido, que se fue extendiendo hacia el hombro. Pasó el brazo manchado por la espalda de Flecha y tapó la frase «Accidente aéreo en...».

–Sube –dijo Flecha, muy segura de sí misma.

Papel en Blanco subió en Flecha, que, sin dudar un momento, se elevó por el aire.

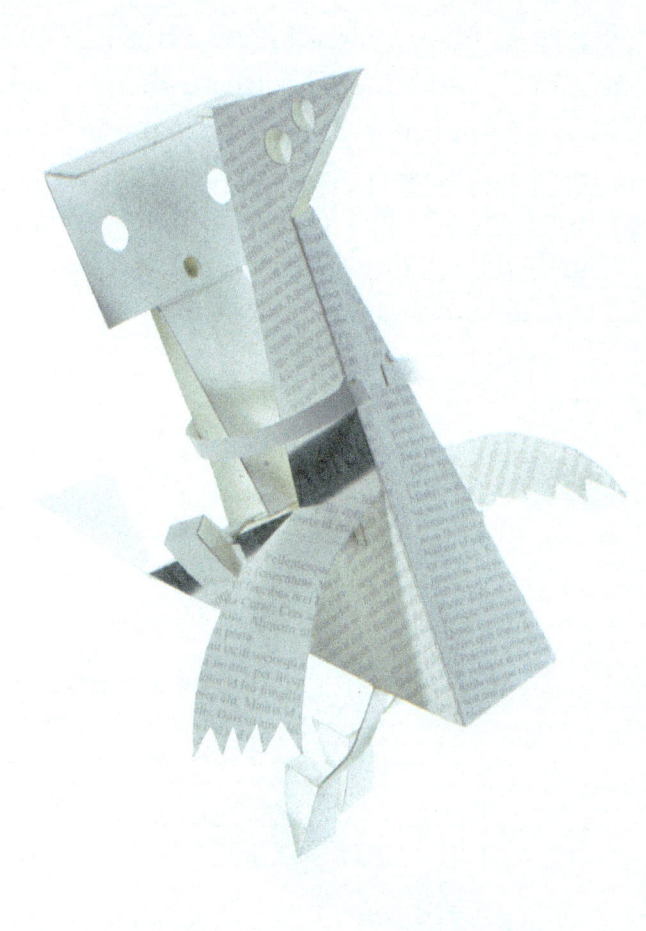

16
SOBRE EL OCÉANO DE TINTA

Donde Papel en Blanco descubre algo muy importante para todos los monigotes

El brazo de Papel en Blanco estaba negro, blando, pero no le molestaba.. Otras pajaritas los miraban, extrañadas. Una se acercó.

–¿Qué haces? –le preguntó a Flecha.
–Volar.
–¿No sabes que está prohibido llevar a… esos?
–¿Quién lo ha prohibido?
–Ya no me acuerdo, pero es la ley.
–A mí nadie me ha contado nunca esa ley.
–Los monigotes no están preparados para la tinta.
–También decíais que yo no estaba preparada para volar.

Con una hábil maniobra, Flecha se separó del resto de las pajaritas. Papel en Blanco se sorprendió al comprender que su mundo, el Mundo de Papel, no era un mundo sino una isla. Allí arriba descubrió lo diferentes que pueden parecer las cosas dependiendo del lugar desde donde se miren.

Volaron y volaron durante muchísimo tiempo. Flecha parecía no cansarse nunca. Vieron muchas islas diferentes. Había islas de muchos materiales, materiales que nunca habían visto y que podrían dominar el Océano de Tinta para que no consu-

miese el Mundo de Papel. Sus habitantes les dijeron sus nombres: Mundo de Metal, Mundo de Cristal, Mundo de Piedra, Mundo de Tela, Mundo de Plástico... Visitaron todas las que vieron... menos Mundo de Fuego, que no les gustó demasiado. Había muchas cosas, muchos conocimientos en ese Océano de Tinta. Papel en Blanco se sintió muy pequeño, pero a la vez muy grande. Ya no olía a libro recién comprado.

Miró su brazo y vio que estaba un poco deformado, pero ya no le importaba. Se dio cuenta de que las palabras que tenían los monigotes en el cuerpo no eran más que ese material cuando se secaba. Los monigotes vivían asustados de algo que formaba parte de ellos mismos. No era lógico tenerle miedo, solo había que aprender a controlarlo.

Se posaron en una isla. Sus habitantes les dijeron que era el Mundo de Madera. Se sintieron muy bien allí, con ellos, como si los conocieran de hace mucho tiempo, como si fuesen de su familia. Papel en Blanco cogió una pequeña rama, la mojó en el Océano de Tinta y se la dirigió al pecho. Dudó un momento. Había conseguido mucho siendo un simple papel en blanco. No sabía si debía escribirse algo o no.

Ahora Papel en Blanco sabía algo muy importante para los monigotes: la tinta les daría la posibilidad de elegir. La tinta los haría libres.

Epílogo

Lo demás es leyenda. Se dice que un monigote blanco con un brazo negro volvió montado en una pajarita de papel. Llevaba un palo mágico en la mano, de un extraño material, e iba escribiendo cosas en la gente. Les daba la libertad de elegir si querían que lo hiciese o no. Muchos decidieron cambiar ellos mismos; algunos quisieron un poco de ayuda de la tinta.

Un ermitaño muy feliz empezó a abrazar a todo el mundo, dos guerreros se dieron la mano, una princesa empezó a sonreír. Esta princesa, por cierto, vio al monigote blanco y empezó a creer en un concepto algo devaluado, un concepto blando y cursi.

Unos padres empezaron a querer a su hijo, aunque hubiesen llegado tarde y le hubiesen elegido los últimos.

Muchos barcos se hundieron felices en un negro Océano de Tinta.

Y alguien escribió esta historia en tinta sobre papel.

TE CUENTO QUE JOSU DÍAZ GARCÍA...

... decidió ser escritor cuando se dio cuenta de cuánto le entretenían las películas que veía y los libros que leía de niño. Así que se puso a escribir con el propósito de hacérselo pasar a otros tan bien como esas historias se lo habían hecho pasar a él. Y es que de pequeño siempre tuvo claro que quería contar historias y entretener a los demás. Para escribir utiliza el ordenador, aunque cuando repasa toma notas a mano, de cara a futuras correcciones y modificaciones. Mientras escribía este libro, no podía ver un folleto, un billete de tren o un anuncio sin imaginar qué personajes habría detrás de ellos. Si algún día te lo encuentras y quieres invitarle a comer, prepárale un buen plato de pasta con brócoli; él mismo reconoce que sabe muchísimo mejor de lo que suena. Este es su primer libro en SM, y está muy contento de que sus personajes compartan colección con héroes de su infancia como el pirata Garrapata, fray Perico y, por supuesto, su borrico.

Josu Díaz García nació en San Sebastián en 1981. Estudió Guion en la ECAM (Escuela de Cinematografía y del Audiovisual de Madrid). Ha escrito guiones, cuentos y artículos, y ha impartido clases de cine en varios institutos.

Si te ha gustado este libro, visita

LITERATURA**SM**•COM

Allí encontrarás:

- Un montón de libros.
- Juegos, descargables y vídeos.
- Concursos, sorteos y propuestas de eventos.

¡Y mucho más!

Para padres y profesores

- Noticias de actualidad, redes sociales y suscripción al boletín.
- Propuestas de animación a la lectura.
- Fichas de recursos didácticos y actividades.